住在麵包屋的小狗狗們

麵包狗

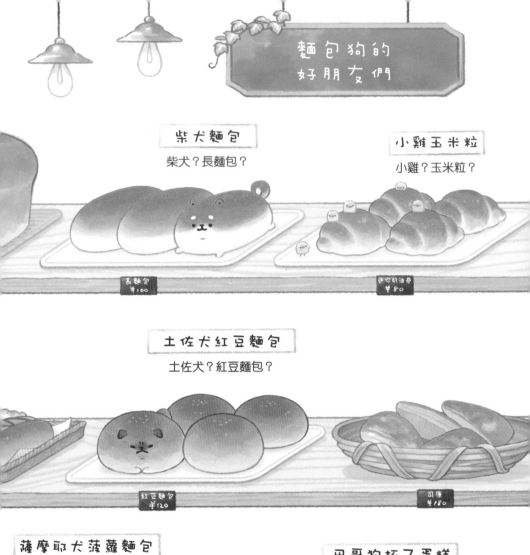

麵包狗的好朋友們

柴犬麵包
柴犬？長麵包？

長麵包
¥100

小雞玉米粒
小雞？玉米粒？

迷你奶油卷
¥80

土佐犬紅豆麵包
土佐犬？紅豆麵包？

紅豆麵包
¥120

司康
¥180

薩摩耶犬菠蘿麵包
薩摩耶犬？菠蘿麵包？

菠蘿麵包
¥150

巴哥狗杯子蛋糕
巴哥狗？杯子蛋糕？

杯子蛋糕
¥200

日常

麵包狗是一種像麵包、又像狗，不可思議的生物。

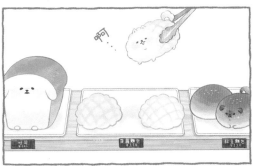

平時，假扮成麵包的模樣，偷偷躲在麵包屋裡。

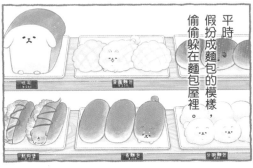

偶爾也會被發現買回家去……

謎團

麵包狗是在麵包麵糰放著醒麵時，不知不覺間出現的。

冒出

怎麼出現的？是麵包還是狗狗？

充滿了謎團……

啊…

可能不是麵包，也不是狗。

本來是熱狗…？

……

議論…… 紛紛…

麵包狗的一天

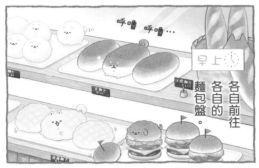

早上 各自前往各自的麵包盤。

呼嚕 呼嚕…

中午 客人很多，或是保持不動，或是睡覺。

傍晚 麵包變少了，非常容易被發現。

晃動

晃動

夜晚 就算被發現，夜裡也會自己跑回來。

啪咚

呼

特點

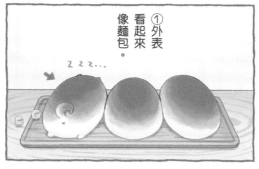

①外表
看起來
像麵包。

ㄗㄗㄗ…

②蓬蓬軟軟的
摸起來
很舒服。

跳

跳

③手腳
有點短。

用力

用力

抓不到

④鼻尖好像
很冰。

睡到昏頭→

冰

呀!

肉球

仔細一看，手腳上有小小的肉球。

小小的

放大圖

呼汪!?

拍

肉球聞起來好像有爆米花的香味。

嗯—…

拍 拍
拍

嬉鬧中

麵包狗的內心

雖然躲藏著
但是如果被發現了，

會立刻
回到原來的麵包盤上。

這樣來來回回，
心裡覺得
有點小複雜。

嗚……

幸福的味道

麵包屋店裡
總是時時散發著
麵包的香味。

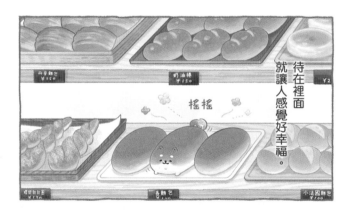

待在裡面
就讓人感覺好幸福。

搖搖

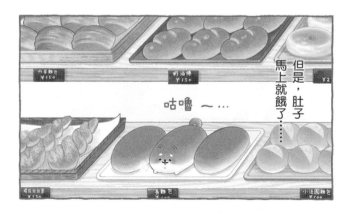

但是，肚子
馬上就餓了⋯⋯

咕嚕～⋯

ORANGE MARMALADE

BLUEBERRY
Sweet of flavor

HONEY
Sweet of flavor

STRAWBERRY JAM

以前，因為營養午餐被吃剩下來，
有段時間被放在抽屜裡。

柴犬麵包

長相相似的麵包：長麵包
個性：無拘無束

麵包狗之柴犬麵包。

個性無拘無束、我行我素。

偶爾想起營養午餐時，被吃剩的

回憶，會有些難過。

特 點

①常常在睡覺

②和小雞玉米粒感情融洽

③想起往事會心情低落

小雞玉米粒的躲藏點

躲藏在許多不同地點的小雞玉米粒們。
與柴犬麵包同為營養午餐吃剩好朋友。

   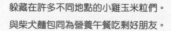  

在營養午餐裡　　　　在沙拉裡　　　　　在罐頭裡　　　　在三明治裡

喀吱喀吱

柴犬麵包最愛草莓果醬了。

只要一發現草莓果醬的空罐⋯⋯

就會把它移到店鋪不顯眼處準備偷偷舔一舔。

櫃台內

轉⋯⋯

但是卻沒辦法自行打開果醬瓶蓋。

喀吱
喀吱
喀吱

抓抓⋯

開好了

STRAWBERRY JAM

一如往日

從前，柴犬麵包一個人混在學校的麵包裡生活著。

山田 烘焙坊

偶爾想起被遺落在抽屜裡的那段時光，忍不住一陣鼻酸。

嗚…

被吃剩

嗚…

3-2

這個時候，他就會

Zzz…

喵

分撕麵包 ¥80

（硬）擠到博美狗分撕麵包中尋找溫暖。

擠…

分撕麵包 ¥80

不知何時開始

小雞玉米粒與柴犬麵包，在來到麵包屋之前就是好朋友。

在柴犬麵包住在學校時，和小雞玉米粒初次相遇。

以前⋯

來到麵包屋後兩人感情更好了。

啾 啾

Welcome!!

不知不覺，小雞玉米粒的數量好像也比以前多了⋯⋯

一個接一個⋯

啾 啾 啾 啾 啾

!?

?

Welcome!!

運動神經

拒絕散步

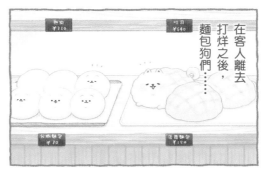

在客人離去打烊之後，麵包狗們⋯⋯

偷偷在店裡散步是每天都要做的事，

小碎步

跳

不動⋯⋯

偶爾有幾天也會不想參加。

推推推⋯⋯

⋯⋯

放棄

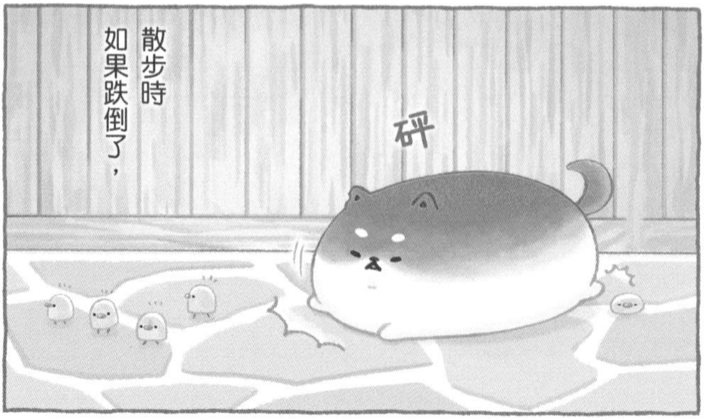
散步時
如果跌倒了，
砰

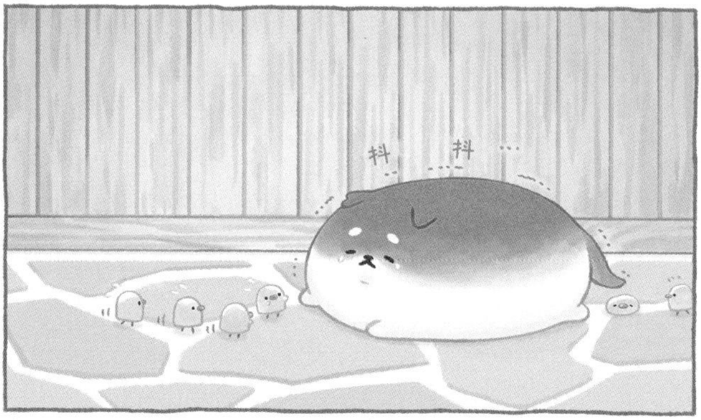
抖 抖 …

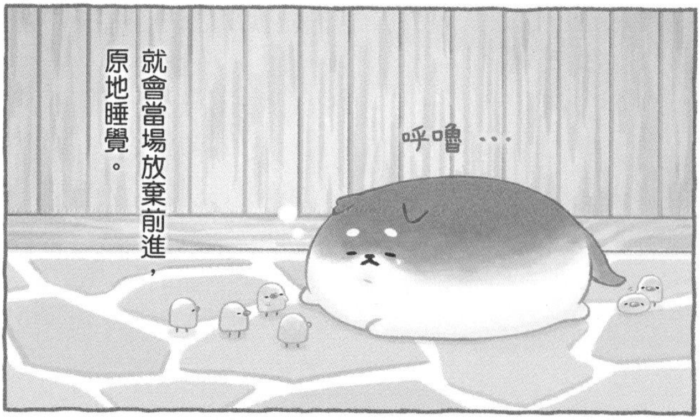
就會當場放棄前進，
原地睡覺。
呼嚕…

睡相

柴犬麵包與小雞玉米粒

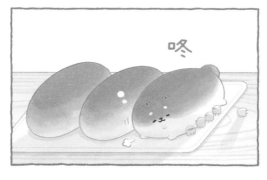

無法對柴犬麵包
坐視不管的
小雞玉米粒們

土佐犬紅豆麵包

相似的麵包：紅豆麵包
個性：易怒

因為紅豆很重
所以很在意

汪嗚

土佐犬麵包狗。

雖然長得很凶，大家都離他遠遠的，

但是其實沒那麼可怕。

內餡喜歡帶有顆粒感的紅豆餡。

\\ 特 點 //

①聲音宏亮

②總是皺著眉

③心情不好就賭氣睡覺

土佐犬紅豆麵包與內餡

喜歡到每天都想抓一把
店裡的紅豆餡來吃。

說不上喜歡或不喜歡豌豆餡。
普通。

不知道什麼原因，
好像不怎麼喜歡豆沙餡……

反差

土佐犬紅豆麵包
因為長相凶，嗓門大，
大家都對牠
敬而遠之。

汪 汪 汪 !!

逃～

步步逼近…

汪汪～

其實跟外表完全相反，
土佐犬紅豆麵包
喜歡嬌小可愛的東西。

舔舔～

堅持

土佐犬紅豆麵包
有個
不肯退讓的
堅持。

呼
呼

紅豆麵包
¥120

紅豆餡要保留顆粒感，

芝麻
一定要是
白芝麻。

紅豆餡

3kg

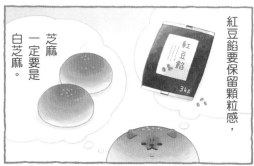

如果那天
不是紅豆餡
和白芝麻
的話⋯⋯

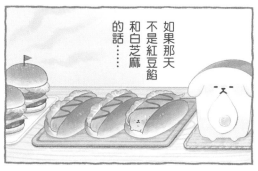

心情
就會
非常壞。

黑芝麻

豆沙餡
紅豆麵包
¥120

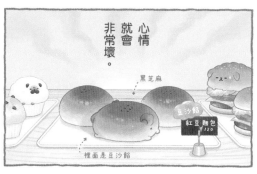

裡面是豆沙餡

一起的話

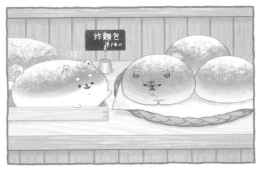

上面
有撒糖
↓

遷怒

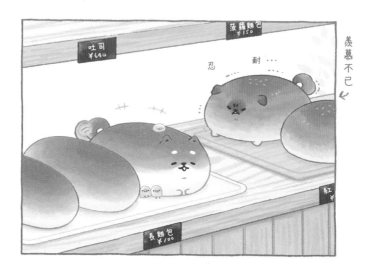

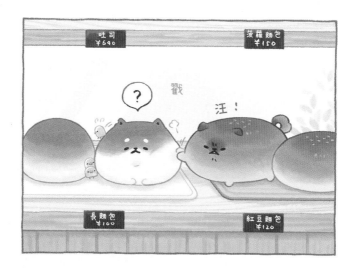

不遷怒

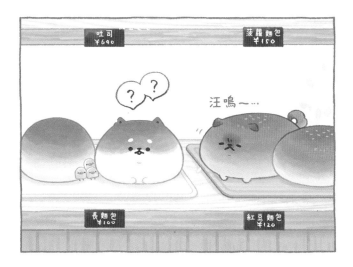

結果

土佐犬紅豆麵包一被夾子夾住⋯⋯

為了不被帶走，總是盡全力抵抗著。

但是，結果還是被買回家了。

夜間的廚房

其實

雖然大家都怕土佐犬紅豆麵包……

步步進逼

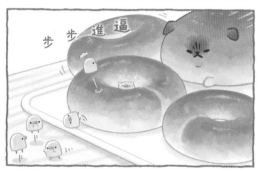

步步進逼

笑咪咪⋯⋯

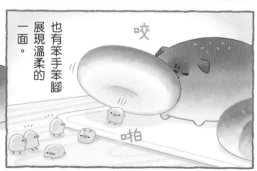

也有笨手笨腳展現溫柔的一面。

咬

啪

薩摩耶犬菠蘿麵包

相似的麵包：菠蘿麵包
個性：總是很開心

與土佐犬紅豆麵包、柴犬麵包感情融洽。
常常一起玩，一起睡午覺。

薩摩耶犬麵包狗。

總是一臉開心的樣子。

沒辦法做到一動不動，

常常忍不住就搖起尾巴。

特 點

①總是在搖尾巴

②完全靜不下來

③常常動個不停
馬上就被發現

薩摩耶犬菠蘿麵包喜歡的事

喜歡奔跑。

喜歡追著自己的尾巴跑。

喜歡擠在別人身邊。

無意識

薩摩耶犬菠蘿麵包
個性有點
安靜不下來。

躲藏在
麵包中，
想要安靜不動
但是⋯⋯

因為
尾巴的緣故，
馬上就被發現了。

用心

Q：被買回家的
麵包狗，

要怎麼回來？

A：趁人類不注意，
擅自逃離。

沙沙
沙沙
噠

噠
噠
噠
…

但是，
因為覺得不好意思，
會送回麵包代替。

偷偷
摸摸

欸嘿

雨天

復活

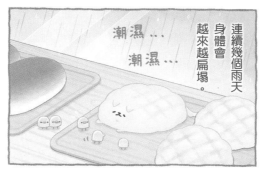

連續幾個雨天
身體會
越來越扁塌。

潮濕...

潮濕...

此時......

準備好酵母粉。

DRY
YEAST

200g

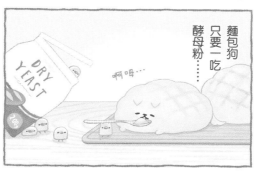

麵包狗
只要一吃
酵母粉......

DRY
YEAST

啊嗯...

蓬鬆度
立刻復活！

膨

各種好吃的口味

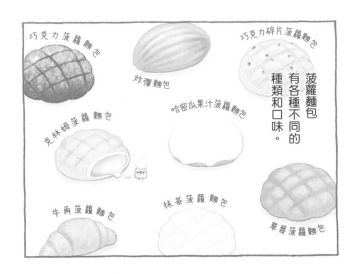

巧克力菠蘿麵包

炸彈麵包

巧克力碎片菠蘿麵包

克林姆菠蘿麵包

哈密瓜果汁菠蘿麵包

菠蘿麵包有各種不同的種類和口味。

牛角菠蘿麵包

抹茶菠蘿麵包

草莓菠蘿麵包

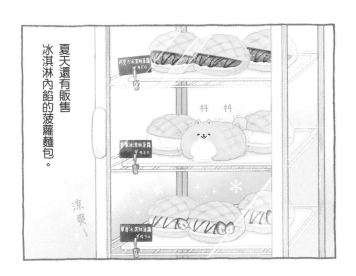

夏天還有販售冰淇淋內餡的菠蘿麵包。

巧克力冰淇淋菠蘿
￥450

抹茶冰淇淋菠蘿
￥420

抖 抖

草莓冰淇淋菠蘿
￥490

涼爽～

吃太冰 頭會痛

毛茸茸

總是比平常更毛茸茸，胖嘟嘟的。

換毛的季節

毛茸茸 毛茸茸 毛茸茸 毛茸茸 毛茸茸

梳 梳

毛茸茸 毛茸茸

不知為何，還會從毛球裡面生出許多小麵包⋯⋯

熱騰騰

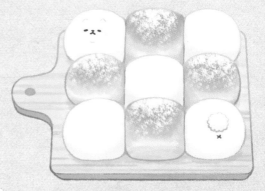

博美犬分撕麵包

相似的麵包：分撕麵包
個性：有點兒膽小

平常都躲藏
在白色分撕麵包中。

博美犬麵包狗。

如果沒跟大家在一起

就心慌慌。

有許多好朋友。

\\ 特　點 //

抖　抖…

①一個人就感到不安

揉
揉

②喜歡被揉

拉一

③因為太柔軟，所以不好撕

各式群體行動

橫向排列　　　　四角形　　　　圓形　　　　直向排列

Q彈博美犬分撕麵包

博美犬分撕麵包
生性喜愛
和同伴
聚集在一起。

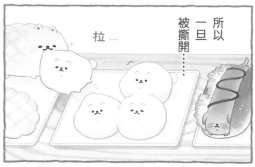

所以
一旦
被撕開……

拉…

就會
立刻跑回
同伴身邊。

啪

呀——

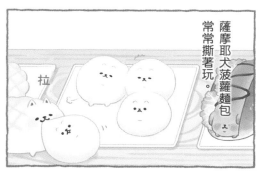

薩摩耶犬菠蘿麵包
常常撕著玩。

拉

博美心理師

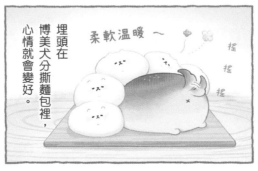

睡癖

入夜後，麵包狗們在廚房的烤盤上睡覺。

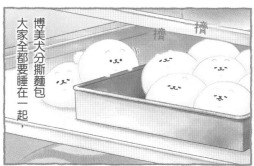

博美犬分撕麵包大家全都要睡在一起，

擠 擠

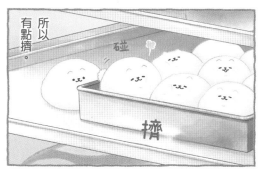

所以有點擠。

碰

擠

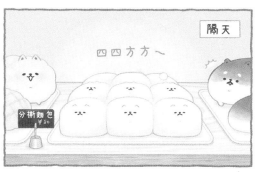

隔天

四四方方～

分撕麵包
¥50

幫忙揉一揉
回復原狀 ↓

擠進來

為了想睡覺的朋友，似乎會刻意把位子空出來。

呼嚕…

分撕麵包
¥80

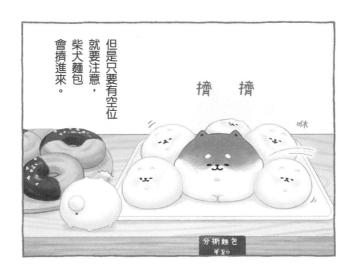

但是只要有空位就要注意，柴犬麵包會擠進來。

擠　擠

咻

分撕麵包
¥80

跟想像的不一樣

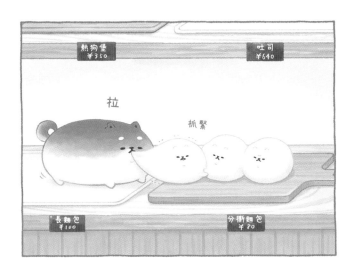

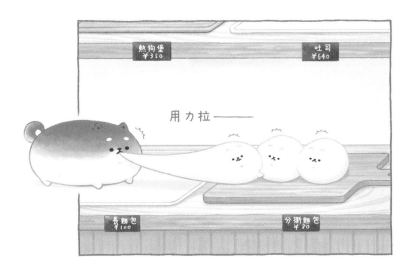

揉麵

揉 揉

滾動 滾動

Q彈 Q彈

轟轟轟轟

迷路

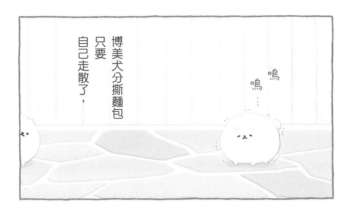

博美犬分撕麵包
只要
自己走散了，

嗚
嗚
……

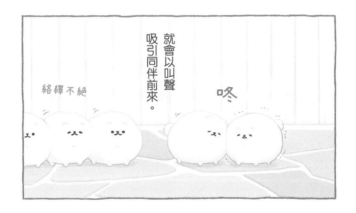

就會以叫聲
吸引同伴前來。

絡繹不絕

咚

但是，
店裡全部的
博美犬分撕麵包
都會蜂擁而至。

絡繹不絕

絡繹不絕

大朋友

博美犬分撕麵包
雖然常常
被柴犬麵包
擠來擠去或拉來拉去，

悶‥

↖ 沮喪中

砰咚

還是把
柴犬麵包，

當成
有點困擾的大朋友。

搖搖搖

只要看到荷包蛋，
就會馬上吃掉。

黃金獵犬吐司

相似的麵包：吐司
個性：無拘無束樂天派

黃金獵犬吐司的麵包狗。

外表從容，

喜歡優閒的散步。

最喜歡荷包蛋。

\\ 特　點 //

①走路慢慢的

②觸感彈性十足

③最喜歡荷包蛋

荷包蛋形狀的飛盤

因為牠把店裡的荷包蛋
全都吃光了……

麵包屋的老闆送了
一個荷包蛋形狀的飛盤。

多虧了飛盤，
偷吃的荷包蛋數量變少了。

黃金獵犬散步

黃金獵犬吐司是一隻非常穩重的麵包狗。

平日裡就是散散步、睡睡午覺，悠悠哉哉的度過⋯⋯

培根蛋 ¥280

啊

只有在發現最愛的荷包蛋時，動作才會突然變得超快速

培根蛋 ¥280

蛋的做法

醒麵

製作麵包時，需要一段讓麵糰休息的

醒麵發酵過程。

不過黃金獵犬吐司
只是單純走累了，
坐下來休息而已。

呼⋯⋯

背部

肚子

浪費

就算是個性悠哉又穩重的黃金獵犬吐司

也會生氣……

啊嗯啊嗯啊嗯

啊嗯啊嗯

只吃中間軟軟的部位 ↙

汪!!

一生氣就會沮喪

和好

貴賓狗漢堡

相似的麵包：漢堡
個性：愛撒嬌

希望有一天
能長得像黃金獵犬吐司一樣高

默
！....

貴賓狗麵包狗。

高高坐在漢堡的最上頭。

很在意小事情。

∥ 特　點 ∥

①喜歡高處

②本人只有漢堡最上面的部分
　下方全都是借來的

摸　摸

③喜歡被摸頭

貴賓狗漢堡的薯條排行榜

第**1**名

鞋帶薯條

最喜歡
外酥內軟的口感。

第**2**名

馬鈴薯楔塊

吃一口酥脆的馬鈴
薯好開心。

第**3**名

薯餅

帶點油脂感
很棒。

第**4**名

波浪薯條

鋸齒狀切法
很酷。

剛剛好最棒

漢堡頂端是貴賓狗漢堡最喜歡的地方。

來一起玩↙

搖搖

晃晃

蓋了太多層，自己一個人很難下來。

「小」的好處

比高

競爭對手

一樣受歡迎

番茄醬口味

用麵包夾起來

貴賓狗漢堡的內心，把臘腸熱狗堡當成競爭對手。

顏色相近？

有加生菜

臘腸熱狗堡則好像認為兩人同為夾心麵包好朋友……

嘿

咻

一起分享

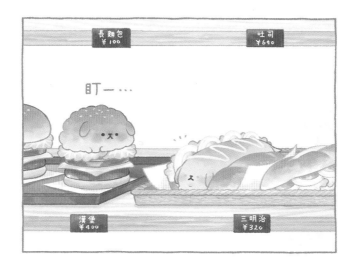

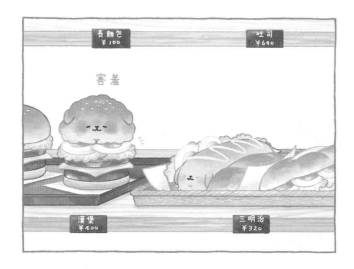

本能

店裡陳列麵包的容器，會依店長當天的心情而調整。

可麗露 ¥250

漢堡 ¥400

謎樣的網子

網狀麵包盤並不受麵包狗們歡迎。

正確名稱是「冷卻架」

昏昏欲睡

回禮

柯基犬法國麵包

相似的麵包：法國麵包
個性：有點酷

喜歡
時尚的
紙袋

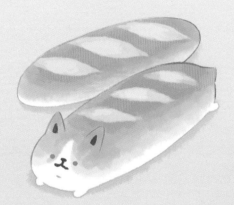

柯基犬的麵包狗。
雖然對長長的身體很自豪，但是遇
到縫隙或要轉彎時，常常會卡到。
喜歡時尚的事物。

\\ 特　點 //

苗條……

①自豪自己修長的身材

②背上的刻痕
是最迷人的特點

③因為身體太長
常常卡在縫隙或轉角處

柯基犬法國麵包的柔軟之處

酥脆…

法國麵包雖然很硬……

柔軟

柔軟

柯基犬法國麵包卻是很柔軟的。

超柔軟

腹部更柔軟。

崇拜

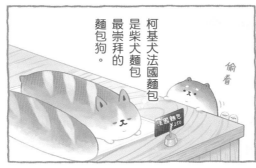

柯基犬法國麵包
是柴犬麵包
最崇拜的
麵包狗。

偷看

希望有一天
能陳列在
柯基犬法國麵包
旁邊。

苗條…

嗯呵—

爬…

SUGAR

這條路
好像
還很遠……

SUGAR

模仿

在看不見的地方

柴犬麵包崇拜的

柯基犬法國麵包也有煩惱。

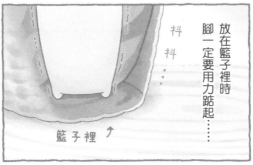

放在籃子裡時腳一定要用力踮起……

料料……

籃子裡 ↗

在縫隙或轉角處會撞到腰……

喀

SUGAR

ASSAM

EARL GREY

TEA

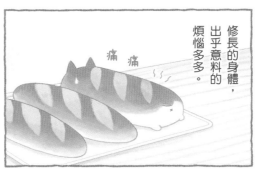

修長的身體，出乎意料的煩惱多多。

痛痛

按摩中

有點兒在意

總是被稱為「法國麵包」⋯⋯

／法國麵包看起來好好吃～＼

長棍麵⋯

巴塔麵包 ¥200

培根麵包 ¥250

其實每個都有自己的名字。

Parisien

鄉村麵包

巴塔麵包

Ficelle

長棍麵包

麥穗麵包

磨菇麵包

Beaurre

仔細看

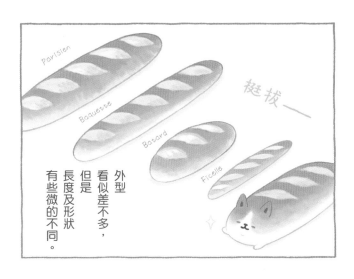

外型看似差不多，但是長度及形狀有些微的不同。

挺拔——

Parisien

Baguette

Bâtard

Ficelle

不過對柴犬麵包而言，大家看起來都一樣……

雖然搞不太清楚但是都好帥！

呼呼

注意後方

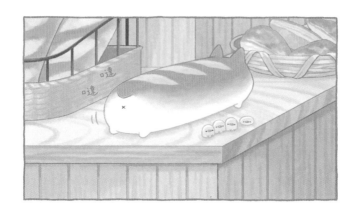

啊……

想要穿過去
結果雙雙卡住

長身體好友會

常卡住

嗯卡

腰部和臀部常受傷

痛痛〜〜

結交到一位
可以共同分享

相同煩惱的
好朋友。

我也是 我也是〜

嘰哩

呱啦

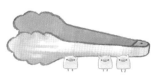

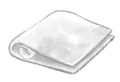

臘腸熱狗堡

相似的麵包：熱狗堡
個性：自由

發現可以夾的麵包
就會坐立難安

坐立・・・不安・・・

臘腸狗麵包狗。

喜歡夾在熱狗麵包裡。

黃芥末辣辣的，

所以不加。

\\ 特 點 //

①喜歡被夾在麵包中間　　②身體出乎意料的長　　③夾在麵包裡
　　　　　　　　　　　　　　　　　　　　　　　就會安心的睡著

熱狗堡製作流程 ✏

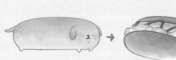  咚 咚 咚

※ 擠出來的熱狗被小雞玉米粒搬走了。

安心的所在

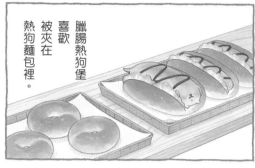

臘腸熱狗堡
喜歡
被夾在
熱狗麵包裡。

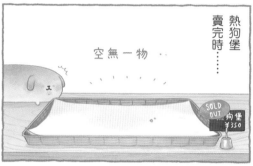

熱狗堡
賣完時……

空無一物…

SOLD OUT
…狗堡
¥350

蠕
動

z z z…

沒辦法，
只好擠在
其他麵包
中間。

擠…

番茄醬

黃芥末

完成任務的臉↓

掉出來

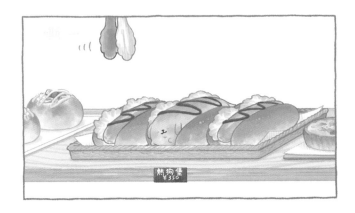

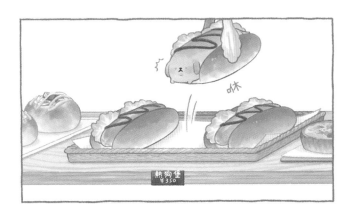

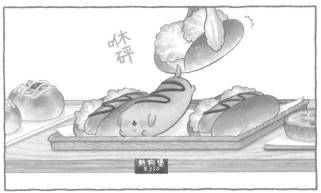

擠進去

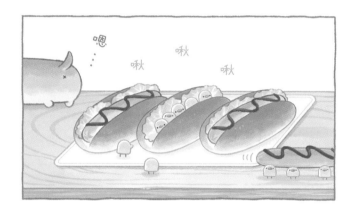

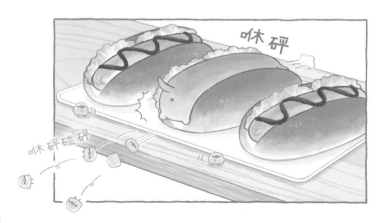

被夾的同好

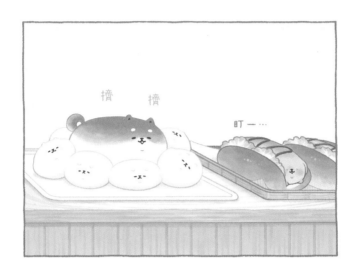

麵包 in 麵包

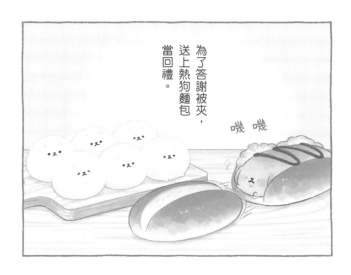

為了答謝被夾,
送上熱狗麵包
當回禮。

嘰 嘰

超乎想像,
睡起來
好像很舒服。

暖和   暖和

還是老地方好

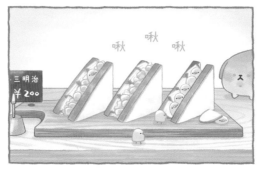

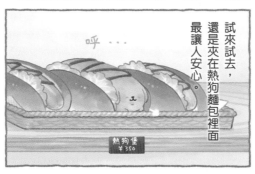

試來試去，
還是夾在熱狗麵包裡面
最讓人安心。

巴哥狗杯子蛋糕

相似的麵包：杯子蛋糕
個性：害羞、怕生

偶爾會看到牠
和杯子蛋糕說話……

嘰 嘰 咕咕…

興奮

巴哥狗麵包狗。

個性害羞又怕生

不好意思的時候會臉紅，

身體冒出熱熱的蒸氣。

＼＼ 特 點 ／／

偷偷…

靜止

…

熱呼呼

①不想太顯眼
所以盡可能偷偷摸摸的

②擅長一動不動
讓大家忘記牠的存在

③一害羞
就會冒出熱熱的蒸氣

巴哥狗杯子蛋糕的祕密

腳在杯子裡。

嗚嚕嗚嚕～

沒人看的時候
會滾動移動。

鬱鬱不快

擔心雙眉間的皺紋
會不會嚇到人。

巴哥狗杯子蛋糕完成

累到放棄了↙

默默

巴哥狗杯子蛋糕既害羞又怕生。

喵……

興奮 興奮

就算想要交朋友，也不敢開口。

總是在一旁看著

就算有機會被其他人攀談，

興奮 興奮

3 個 ￥300

也總是沒什麼存在感，一路靜默……

安靜…

裝睡

擔心
有沒有受傷↵

作風低調

賣剩

被注視的話

一起剩下……

明天

一到睡覺前……

倒

煙

鬱

悶

想起今天
那些令人感到害臊的事情，
就感到懊惱不已。

懊惱

懊惱

希望明天
自己可以開口搭話……

這麼想著
睡著了……

唉…

縮

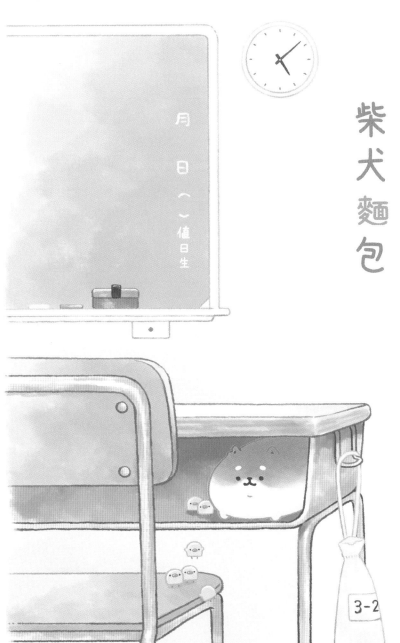

抽屜裡的柴犬麵包

柴犬麵包
誕生在
山田烘焙坊的麵包工場。

睜開眼睛

一出生
立刻
被放上生產線，

哐哐　　哐哐

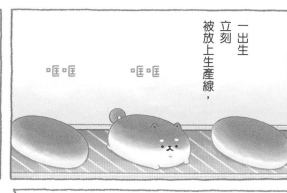

裝進袋子裡，

緊　　　緊

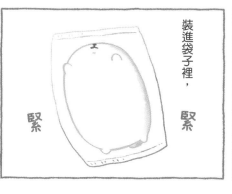

被卡車
送到⋯⋯

噗喔喔喔⋯

YAMADA

某一間
小學。

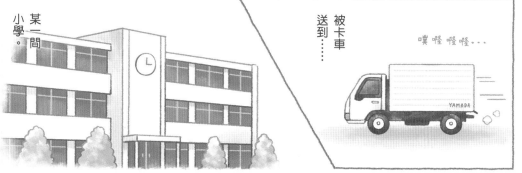

我最怕
吃麵包～

青天霹靂

被分配到學校營養午餐的
柴犬麵包……

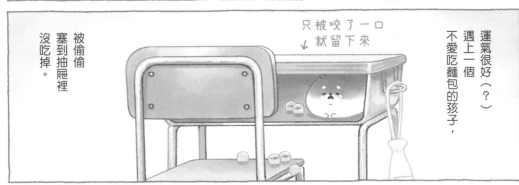

只被咬了一口
↓ 就留下來

運氣很好（？）
遇上一個
不愛吃麵包的孩子，

被偷偷
塞到抽屜裡
沒吃掉。

熟睡… 幾乎整天
↓ 都在睡覺

習慣之後，
出乎意料發現抽屜裡
還滿舒服的。

剛開始，
柴犬麵包
寂寞得
哭了出來。

嗚
—

嗚
—

喀啦
）））
…

但是……

啪
答
啪
答
…

東張西望

那一天，為了尋找和自己一樣的夥伴，牠決定離開學校。

起勁

・・・・・

書包裡又擠又不舒服心裡感到十分不安⋯⋯

擠 擠

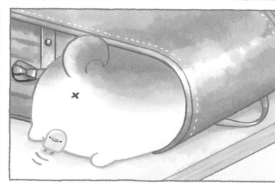

哐 喀 哐 喀⋯⋯

但因為和朋友小雞玉米粒在一起，而稍稍放心了一些。

國語 3

擠

香噴噴

不知道
過了多久，
聞到了一陣香味，
探出了頭……

冒出⋯⋯

熱呼呼

熱呼呼

熱呼呼

熱呼呼

丹麥麵包 ¥150

奶油麵包 ¥130

可頌 ¥150

咖哩甜甜圈 ¥130

用力

那裡排列著
好多熱呼呼的
麵包。

噗咚

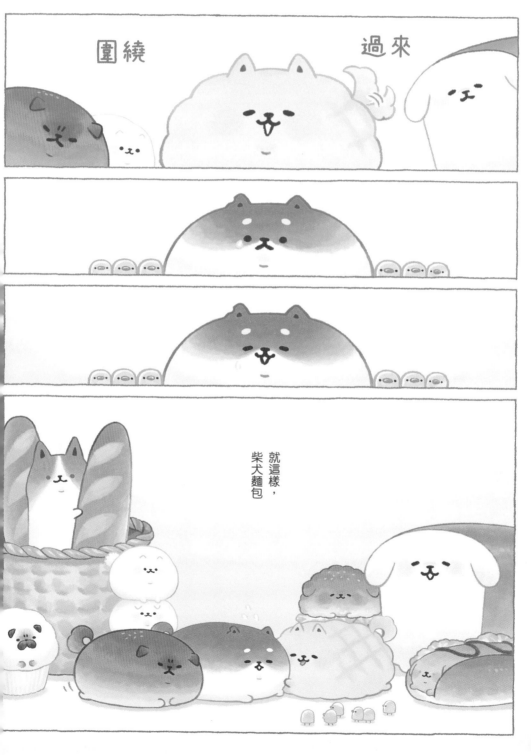

來到了
狗狗們生活的不可思議麵包屋。

吐司
¥640

漢堡
¥400

紅豆麵包
¥120

熱狗堡
¥350

分撕麵包
¥280

法國麵包
¥250

後　記

感謝各位閱讀《麵包狗》。

夕陽斜照著放學後的教室，
桌子抽屜裡，留著營養午餐吃剩的長麵包。
不知怎麼的，
散發著一股淡淡憂傷的長麵包
和八字眉的柴犬好像交疊在一起。
不知是像麵包，還是像狗狗的「柴犬麵包」
不可思議的生物誕生了。
這就是麵包狗的故事起點。

之後，柴犬麵包結交了８隻好朋友，
麵包狗的每一天點點滴滴積累下，
完成了這一本書。

今後，麵包狗的日常生活還會繼續下去，
請大家繼續偷偷的守護他們。

謝謝閱讀這本書的每一個人，謝謝協助完成這本書的每一個人，
真的真的非常感謝各位。

kodama

麵包狗

住在麵包屋的小狗狗們

圖　・　文 kodama
翻　　　譯 高雅溎
責任編輯 黃欣

總 編 輯 賈俊國
副總編輯 蘇士尹
編　　　輯 高懿萩
行銷企畫 張莉滎・蕭羽猜

發 行 人 何飛鵬
法律顧問 元禾法律事務所　王子文律師
出　　版 布克文化出版事業部　115 台北市南港區昆陽街 16 號 4 樓
　　　　 電話：02-2500-7008　傳真：02-2502-7579
　　　　 E-mail：sbooker.service@cite.com.tw
發　　行 英屬蓋曼群島商家庭傳媒股份有限公司城邦分公司
　　　　 115 台北市南港區昆陽街 16 號 8 樓
　　　　 書虫客服服務專線：02-25007718；25007719
　　　　 24 小時傳真專線：02-25001990；25001991
　　　　 劃撥帳號：19863813；戶名：書虫股份有限公司
　　　　 讀者服務信箱：service@readingclub.com.tw
香港發行所 城邦（香港）出版集團有限公司
　　　　 香港九龍土瓜灣土瓜灣道 86 號順聯工業大廈 6 樓 A 室
　　　　 電話：+852-2508-6231　　傳真：+852-2578-9337
　　　　 E-mail：hkcite@biznetvigator.com
馬新發行所 城邦（馬新）出版集團
　　　　 Cité (M) Sdn. Bhd. 41, Jalan Radin Anum,
　　　　 Bandar Baru Sri Petaling,57000 Kuala Lumpur,Malaysia
　　　　 電話：+603-9056-3833　傳真：+603-9057-6622
印　　刷 韋懋實業有限公司
初　　版 2020 年 12 月　　2024 年 8 月初版 8 刷
定　　價 300 元
I S B N 978-986-5405-95-3

城邦讀書花園　布克文化
www.cite.com.tw　www.sbooker.com.tw